HURLUBERLU,

ou

LE CÉLIBATAIRE.

HURLUBERLU,

OU

LE CÉLIBATAIRE,

POEME DEMI-BURLESQUE,

AVEC DES AIRS NOUVEAUX,

EN VERS ET EN TROIS CHANTS,

PAR LE COUSIN JACQUES,

AVEC DES NOTES

DE M. DE KERKORKURKAYLADECK.

Nommez mille beautés qu'une aveugle fortune
Soumet à votre empreſſement !
Je reconnais pour véritable amant
Celui qui n'en peut citer qu'une.
LES PET. MAIS. DU PARN. p. 271.

Prix, quarante-huit ſols, broché.

A LONDRES, & ſe trouve A PARIS,

Chez les Libraires qui vendent les Nouveautés.

M. DCC. LXXXIII.

APPROBATION
D'UN PHILOSOPHE.

AIR : *Eh ! mais, oui dà, &c.*

EN lifant cet ouvrage,
Bien fait pour m'égayer,
Je fus à chaque page
Forcé de m'écrier :
Eh ! mais, oui dà !
Comment peut-on trouver du mal à çà ?

Pour un cenfeur auftere
Ces vers ne font pas faits ;
Car l'auteur à Cythere
A pris tous fes portraits :
Eh ! mais, oui dà !
Comment peut-on trouver du mal à çà ?

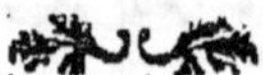

A 3

(vj)

Sans chercher à médire,

Il rit d'un ton léger ; (*)

Sans chercher à séduire,

Il montre le danger.

Eh ! mais, oui dà !

Comment peut-on trouver du mal à çà?

A la Rochelle, le 9 Janvier 1783.
Signé, AAOUCHE-GWGG', Philosophe,
avec paraphe.

(*) *D'un ton léger.* Le philosophe qui dit cela, n'a pas eu l'intention de flatter la vanité de l'auteur. *Léger* est pris ici pour *naturel* ; ce Poëme-ci est tout-à-fait dans le genre commun du langage bourgeois. *Sermoni propiora*, disait Horace ; voilà le ton qu'a voulu adopter le *Cousin* dans HURLUBERLU ; il faut que les vers ne soient que de la prose rimée, si aisée & si coulante, que chacun dise : J'en ferais bien autant. Pour mieux entrer dans le sens de l'auteur, il faut prononcer tous les vers de ce Poëme lentement & distinctement.

PRÉFACE.

AIR : *Ce mouchoir, belle Rémonde, &c.*

(*) MEſſieurs les gens à ſyſtêmes,
Partiſans du célibat,
Jugez-vous enfin vous-mêmes,
Rougiſſez de votre état.
Mon héros eſt votre image,

(*) Voilà une choſe bien originale ! une Préface en chanſon ! Ce n'eſt point par une ſingularité affectée que le Poëte donne dans ce ridicule, c'eſt par un mouvement naturel qui le porte, non-ſeulement à chanter à toute heure, mais même à inſérer des chanſons par-tout. Il ſe propoſe, à ce que m'a dit M. Fwtov-Pqqtzhihi, Gentilhomme Alſacien, ſon confident, de donner bien-tôt au public un traité en vers, ſur la Muſique. Il a des accès de chant, comme la H.... des accès d'eſprit. Que voulez-vous ? il faut les lui paſſer.... Au fait, cela a ſon mérite.

Cette note précieuſe eſt d'un grand homme.

A 4

Jufqu'au bout fuivez fes pas !
Je vous parle à l'avantage
Des maris & des papas.

HURLUBERLU,

POEME DEMI-BURLESQUE,

EN VERS ET EN TROIS CHANTS.

CHANT I.

LLEZ donc, vers ambitieux,
  Compromettre encor ma Minerve!
Et puiſſent répondre vos vœux
Aux premiers ſuccès de ma verve!
  Ne vous flattez cependant pas
D'aller toujours le même pas.
Gardez que votre ardeur vous mêne
Un peu trop loin de votre but;

Souvent le milieu de la scene
Ne reffemble pas au début.
Mon Apollon dans la carriere
Eft bien entré fans déshonneur ;
Mais un avenir moins profpere
Peut démentir fa belle humeur :

Soit ; le ciel veut que l'on efpere,
Lorfque l'on cherche à réuffir :
Il défend que de l'avenir
L'auteur pénetre le myftere.
Cela pofé, mon cher lecteur,
Ecoutez toujours cette hiftoire.
C'eft mon héros qui fait l'auteur ;
Il ne tient qu'à vous de le croire.

J'avais atteint mes dix-huit ans,
Sans rien aimer que ma toupie.
J'aurais voulu toute ma vie
M'amufer à des jeux d'enfants.
Mais l'amoureufe épidémie
N'épargne ni petits ni grands ;
Et tôt ou tard il vient un temps

Où l'on confacre à la folie
Ou fon automne, ou fon printemps.
Ma tendre mere était ravie
Des doux & modeftes penchants
Qui guidaient *l'ame fimple & pure*
De fa chere progéniture.
Elle admirait tant de vertu !
Tant de fageffe ! dans un âge
Si voifin du libertinage.
Jamais, difait-elle, on n'a vu
A dix-huit ans cette innocence ;
Bref ; ma joyeufe indifférence
Me fit nommer *Hurluberlu*.

Moi feul, un jour à ma campagne,
Je goûtais le charme des bois,
Faifant des châteaux en Efpagne,
M'ennuyant auffi quelquefois ;
Quand fillette affez dégourdie
Vint à paffer fur mon chemin.
Tubleu ! comme elle était jolie !
Sa double poitrine arrondie

Aurait féduit un chérubin.

Pour moi, je n'en fais pas le fin ;

Ses graces fimples m'enchanterent ;

Ses deux ronds fur-tout me tenterent

Au point que j'allais. ... Mais, tout beau !

Ce n'était pas pour moi, peut-être,

Que l'amour les avait fait naître.

Souvent le plus friand morceau

Paffe devant le nez du maître ;

Et des appas dignes des dieux,

Sont profanés au pied d'un hêtre,

Par la main craffeufe & champêtre,

D'un bon gros ruftre d'amoureux.

Je l'accofte ; bon jour, ma mie !

— Votre fervante, beau Monfieur.

Ce début me parut flatteur :

Et votre nom ? --- C'eft Rofalie.

--- D'où venez-vous ? --- Du bois voifin.

--- Que portez-vous là ? --- Des noifettes.

--- C'eft tout le métier que vous faites ?

--- Oui ; tous les jours de grand matin

Je pars, sans que maman le dife,

Avec ce panier à la main;

Et puis, je vas, quand il eft plein,

Vendre par-tout ma marchandife.

--- Quel âge avez-vous ? --- Dix-fept ans.

--- Et demain, où va Rofalie ?

--- Demain, Monfieur, s'il fait beau temps,

Si le bon Dieu me prête vie,

J'irai fur le bord des étangs,

Qui font au bout de la prairie,

Le long de ces taillis charmants

Qui bornent votre Seigneurie.

--- A demain donc, & fans adieux.

--- Monfieur, vous êtes bien honnête !

Tout comme vous voulez, je veux,

Pourvu que maman le permette.

Je la fuivis long-temps des yeux;

Rentré chez moi, je ne vis qu'elle ;

Difant à mon cœur amoureux,

Vingt fois par heure : ah ! qu'elle eft belle !

    Tout comme vous voulez, je veux,

Pourvu que maman le permette !
Ces mots furprenants & douteux,
Que d'une façon gaillerette,
Avait prononcés la fillette,
Me rendirent trifte & joyeux,
Et me mirent *martel en tête.*
Avouez qu'il n'en faut pas tant
Pour tracaffer un pauvre amant.
Eh ! quoi, difais-je : fa maman
Lui permettra-t-elle une chofe
Qu'une maman défend toujours ?
Plus j'approfondis cette glofe,
Moins je vois clair à mes amours.

Une brune, jeune & jolie,
Frappe agréablement l'efprit.
Durant tout le cours de la nuit,
Je ne fongeai qu'à Rofalie.
Bouche mignonne & grand œil noir,
Me faifaient fentir leur pouvoir.
Mais rien ne me plaifait au monde
Comme ces pains de forme ronde,

Faits pour le soutien des enfants
Et pour le plaisir des amants.

Que l'amour dans un cœur novice,
S'établit & regne aisément !
Fut-il jamais de sacrifice
Coûteux pour un nouvel amant ?
Subjugué par l'impatience,
Je vole à mes heureux bosquets,
Où régnait ce profond silence
Qui cause l'horreur des forêts,
Et que ne dorait point encore
La fraîche clarté de l'aurore.
Vous soupçonnez bien cependant,
Qu'Hurluberlu, qui de sa vie
N'avait aimé que Rosalie,
Ne dormit pas en l'attendant.

Le jour enfin sur l'hémisphere
Étale ses naissants appas.
Je cherche par-tout ma bergere,
Et ma bergere ne vient pas.
Une heure était déja passée ;

Rien ne parait ; que devenir ?
Ciel ! quel état ! de souvenir
J'en ai l'ame encore oppressée.
Je commençais à craindre. ... Mais...
J'entends ! ... Mon espoir se réveille ;
Quel chant flatteur ! prêtons l'oreille....
Il part de ces taillis épais.

AIR : *Dans un Verger Colinette, &c.*

LE rossignol du bocage,
Près de l'objet de ses feux,
Intérompt son doux ramage,
Par les plaisirs amoureux.
Imitons sous cet ombrage,
Et sa tendresse & ses jeux.

AIR : *Des Bergeres du hameau, &c.*

MAman me dit chaque jour
Que je ne puis être sage,
Si le printemps de mon âge
Ne se passe sans amour.
Maman, s'il faut pour vous plaire,
Vivre toujours loin des amans ;

Tenez,

Tenez, voilà mes dix - fept ans ; ⎫
J'aime bien mieux m'en défaire. ⎬ *bis.*

A I R : *Alexis depuis deux ans, &c.*

JE foupire mal - gré moi,
     Hélas ! & ma mere,
Quand je demande pourquoi ?
     Me répond : *Tais - toi.*
     Je cherche un ami moins févere ,
Et fi je lui difais . . . as :
Expliquez - moi donc ce myftere ;
Il ne me refuferait pas. *bis.*

C'eft Rofalie ! Elle m'appelle,

M'écriai - je tout tranfporté !

Allons de notre ardeur nouvelle ,

Lui peindre la vivacité.

J'y cours, j'y vole ; . . . c'était elle !

Son air feul d'abord me parla,

Et fon trouble me fit entendre

Qu'elle ne me croyait pas là.

Mais, févere encor moins que tendre,

Son œil bien - tôt me raffura :

» Vous dans un lieu fi folitaire !

B

» Eh !..Monſieur, qu'y venez-vous faire ? «
--- Jurer, lui dis-je, à vos genoux,
De n'adorer jamais que vous.
--- Maman ne veut pas qu'on m'adore.
--- Qui ne déſobéirait pas ?
Rendez juſticé à vos appas.
--- Maman me le défend encore....
--- Ah ! cruelle ! par ce détour
Tu ſçais bien rejetter ma flamme !
Quel tyran, peut vaincre l'amour !
L'amour ! qui maitriſe mon ame ?

Ces mots, qu'un viſage enflammé
Rendait encor plus énergiques,
Redoublent, par leurs ſons magiques,
Un feu déja plus qu'allumé.
La voûte d'un épais feuillage,
De par le puiſſant dieu d'amour,
Défendait à l'aſtre du jour
De pénétrer ſous cet ombrage.
Les ténebres ſont le partage
De l'incrédule & de l'amant ;

Quelqu'un l'a dit fort fçavamment
Dans un fort mauvais rudiment.

Un baifer, que j'ofai furprendre,
Fut repouffé fi faiblement,
Que je crus pouvoir entreprendre....
Lecteur, il ne faut nullement
Être forcier pour mé comprendre.
Bien - tôt l'amante entre mes bras
Perd l'équilibre ; en pareil cas
Il convient de faire un faux pas.
Je fuis preffant, on me réfifte ;
J'agis, on s'obftine ; j'infifte,
Mes mains ne font pas en repos ;
On fe fâche.... Hélas ! & des larmes,
Qui m'échappent fort à propos,
Me font maître de mille charmes.

O ! vous qui, dans ce joli jeu,
Cherchez le plus prompt avantage,
Priez beaucoup, pleurez un peu ;
La victoire eft votre partage !
Que vous foyez fincere ou non,

Quand vous affecterez de l'être ,

N'importe ; on dit avec raison

Que c'est au talent de paraître ,

Qu'on doit celui d'agir en maître

Prés du sexe porte - jupon.

Beau sexe ! mille fois pardon ,

Si je hasarde une pensée ,

Dont une femme un peu sensée ,

Ne pourra pas être offensée.

Je sçais très-bien que ma leçon

Ne vous regardera pas toutes ,

Et que plus d'un berger fripon

N'a pu vaincre les justes doutes

D'une Iris , qui se gardait bien

D'un sexe ami de l'imposture ,

Tendre aujourd'hui , demain parjure ,

Dont les trois quarts ne valent rien.

Je plains , il est vrai , mais j'excuse

Votre extrême crédulité ;

Ce n'est que par perversité ,

Qu'un amant trompeur en abuse.

Quand je pleurai pour cette fois,
J'ignorais encor l'art de feindre.
Jeune, bouillant, fous quelles lois
Aurais-je appris à me contraindre ?
Mais chacun penfe à fa façon ;
Un fat, que la fupercherie
Soutient dans la galanterie,
Rira de ma réflexion.
Eh ! que m'importe qu'il en rie !
Sçait-il comme je me foucie
Du fuffrage d'un poliffon ?

Et la maman, que dira-t-elle ?
Quand une fille criminelle
Viendra gémir à fes genoux ?
(Car dès qu'on a pu fe permettre
Cet écart, le plus grand de tous, . . .
Ma foi ! . . . cela peut fort bien être.)
Objet chéri de fon courroux,
Elle invoquera fa clémence,
Par un refpectueux filence ;
Et, quand la dame en fa maifon

Aura, de la bonne façon,
Pefté, juré, fait carillon,
Il faudra bien qu'elle s'appaife.
Croyez-moi, prudentes mamans,
Si vous craignez qu'à dix-fept ans,
Votre fille n'ait des amans,
Il faut la marier à feize.

Qui fous la coudrette viendra,
Ou qui viendra fous la coudrette,
Et la noifette cherchera,
Ou qui cherchera la noifette,
Gente fillette trouvera,
Ou trouvera gente fillette
Que fur l'herbette il... chomera,
Ou qu'il chomera fur l'herbette.

Ces deux quatrains, qui déplairont
Aux froids pédants qui les liront,
Ne laiffent pas, tout plats qu'ils font,
Que de dire encor quelque chofe.
Cela fignifierait en profe,
Que, quand jeune homme au bois voifin

Va courir seul de grand matin,
Ce n'est pas sans quelque dessein.
C'est dans les bois que l'on expose
La brebis au loup ravisseur;
Ils sont l'écueil de la pudeur.
Les oiseaux, l'ombre, la fraîcheur,
Tout lui tend un piege flatteur.
Quand fillette y va, c'est pour cause;
Et moi, qui ne suis pas menteur,
Je suis peu surpris qu'on en glose.
Je vis encor pendant un mois
Ma bergere aimable & fidelle;
Nos rendez-vous étaient les bois;
J'y passais les jours avec elle;...
Tant qu'à la fin les indiscrets,
(Il en est par toute la terre,
Puisqu'on en voit dans les forêts,)
Vinrent découvrir à sa mere
Ce tendre & ténébreux mystere.
C'était par votre faute, aussi
Quel diantre! il valait mieux vous taire,

Me dira-t-on. --- Soit ; mais que faire ?

En l'honneur du dieu de Cythere,

Nous chantions l'hymne que voici :

Tout amant dévôt·& sincere,

Doit sçavoir cette hymne par cœur,

Et chaque jour dans sa priere

La réciter avec ferveur.

Au nom de ce dieu protecteur,

Je lui promets victoire entiere,
Et même indulgence pléniere.

H Y M N E.

AIR noté, Nᵒ. 4.

ADorable Amour !
C'est à ta cour
Que notre cœur
Goûte la douceur
Du vrai bonheur !
Tendre enfant !
Dieu charmant !
Que tous les mortels
T'érigent des autels !

Tous tes traits
font des bienfaits ;
Tout à ta voix
Suit tes loix !
L'homme avec gaîté
Perd fa liberté,
Vole dans tes bras,
Efclave de tes appas !

Pefte foit de tous les hableurs !
Et que cent fers perfécuteurs
Percent leur langue de vipere !
Maudits parleurs ! allez vous faire....
Que vous coûte-t-il de vous taire ?
Difcoureurs vains, plats, dangereux !
L'enfer confonde votre engeance,
Et qu'il étende ma vengeance
Jufqu'à vos arriere-neveux !
Fils, frere, coufin, oncle, tante,
Que tout fuccombe fous fes coups !
Que, s'il fe peut, fa rage invente
Des fupplices dignes de vous !
Et que le ciel à tous les diables
Vous donne, vous & vos femblables !

Rofalie un jour toute en pleurs,
Vint m'annoncer notre difgrace.
Lecteur, mettez-vous à ma place;
Quel coup de foudre ? & ces malheurs
Sont-ils ceux que le temps efface ?

Il fallut, en attendant mieux,
Me féparer de ma bergere.
Je lui fis de triftes adieux,
Et ma douleur était fincere;
Car, quand je verfe des pleurs, moi!
Ce font des pleurs de *bon aloi*:
Et, quand je ris, je ris de même;
C'eft par là qu'on connaît fi j'aime.

A tant d'amour, à tant d'attraits,
Je devais mes juftes regrets.
C'était une demi-bourgeoife,
Fort au deffus de nos railleurs;
Et des foupirs de villageoife,
Valent bien fouvent ceux d'ailleurs.

NOTES
DU PREMIER CHANT
DU POEME D'HURLUBERLU,
Par M. DE KERKORKURKAYLADECK.

(Page 9, *vers 4.*)

Aux premiers fuccès de ma verve !

IL eft probable que l'auteur fait ou veut faire une efpece d'allufion aux *Petites Maifons du Parnaffe*, Poëme de tous les genres, en vers & en profe, à *Turlututu*, Poëme comique & moral, en vers, &c., & à quelques autres productions primitives d'une jeune verve. Si, dans fes accès d'effervefcence, un jeune homme a eu quelques fuccès, il doit, fans préfomption, en attendre de plus grands, quand un âge plus mûr, & les confeils des gens éclairés, ont ralenti fa trop fougueufe activité.

(Page 11, *vers 13.*)

Me fit nommer Hurluberlu.

Un fçavant Bénédictin de la Congrégation de St. Maur, très-pénitent de fon métier, a compofé un traité, en vers grecs, fur les indigeſtions ; il appelle preſque toujours du nom d'*Hurluberlu*, les convives de tous les pays, dont il cite des exemples. Il prétend que le terme d'*Hurluberlu* pris adjectivement, ſignifie *brave homme* ou *homme à feſtin* ; deux expreſſions qu'il croit ſynonimes. Nous autres, qui ne ſommes pas Grecs, nous entendons par le mot *Hurluberlu* un *ſans-ſouci*, un bon gros réjoui.

(Page 16.)

Air : *Dans un verger Colinette.*

Si j'entreprenais de faire une ſortie véhémente contre le prétendu *bon goût*, *il buon guſto*, qu'ont adopté certains colifichets ambulants, qui n'ont pas plus de connaiſſance de la muſique que la H..... n'a de modeſtie, & qui s'érigent en juges ſuprêmes des Opéras du temps, dans le tribunal auguſte du parterre ou de l'amphithéâtre, je ne finirais pas ; mais, comme il faut finir, & finir bien vîte, quand on écrit des notes, je me contente d'en appeller au goût des amateurs enthouſiaſtes de la belle nature. Je leur demande ſi la petite romance, *Dans un verger Colinette*, n'eſt pas cent fois plus flatteuſe à l'oreille, que ces grands morceaux à roulades, que ces airs découſus, ſans naturel, ſans enſemble, qui vous offrent à vous, Meſſieurs les cabaliſtes ! des beautés que vous admirez ſans les ſentir. Je ſçais bien que les paroles de cette romance ſont déteſtables, comme celles d'une infinité de chanfons connues ; & qu'on aime pour l'air feulement. Remarquez en paffant, lecteur, que *il buon gufto* du fiecle préfent, ne fera pas *il buon gufto* du fiecle futur ; il changera, comme il a toujours changé. Ne difons pas que nous nous perfectionnons ; la perfection d'hier doit être celle d'aujourd'hui ; le vrai goût n'eft point arbitraire ; mais le fait eft, que nous nous faifons une chimere de bon goût, un phantôme de perfection, felon notre maniere de voir. La mufique qui fe fent, furpaffera toujours celle qu'on ne fait qu'entendre. Mais, dira-t-on, à quels modeles faut-il recourir, pour fe former un plan fûr & raifonné de bonne mufique ? J'en nommerais plufieurs ; mais, comme chacun a fa maniere de fentir, il m'eft permis d'admirer ceux qui font à mes yeux, les héros de la bonne mufique ! Quel naturel ! quelle touchante fimplicité dans *Jean-Jacques* ! Quelle nobleffe ! quelle vérité dans ce charmant *Grétri* ! Quelle délicateffe ! quel goût dans *Albaneffe* !

CHANT II.

Oui ; c'eſt le premier pas qui coûte
On ne l'a pas dit ſans raiſon.
Une fois hors de ſa maiſon,
Le voyageur pourſuit ſa route.
Privé de ma divinité,
Pour me conſoler de ſa perte,
Je tentai quelque découverte
Au pays que j'avais quitté.
Ce pays, lecteur, c'eſt Cythere.
J'aimais avec ſincérité ;
Depuis, ceſſant d'être ſincere,
Je n'aimai que par volupté.

    L'épouſe d'un vieux militaire,
(Encore moins âgé qu'amoureux,
Quoique bien-tôt octogénaire,)
Eglé fut l'objet de mes vœux.
Je haſardai tout pour lui plaire,
Je n'avais garde d'y manquer ;

Elle était jolie . . . . à croquer !

Après deux ou trois mille œillades,

Après quarante billets doux

Remplis des aveux les plus fades,

Enfin ! . . . . j'obtins un rendez-vous.

J'y volai vers l'heure indiquée.

C'était fur un banc de gazon,

Dans une grotte pratiquée

A deux cents pas de la maifon.

Des tilleuls formaient l'avenue

Qui menait à ces lieux charmants.

Leur ombre cachait à la vue

Et les jaloux & les amants.

A peine affis près de ma belle,

J'imaginai pouvoir ufer

Des droits d'un amant chéri d'elle,

Et lui dérober un baifer.

» Fi donc, Monfieur, s'écria-t-elle,

» Vous connaiffez bien peu l'amour.

» Sçachez languir ; foyez fidele ;

» Soupirez , peut-être qu'un jour...

» On

» On couronnera votre zele. «

Or vous sçaurez que mon Églé

Fut une de ces créatures

Que nos beaux coureurs d'aventures

Regardent comme un pis-allé.

Son esprit farci, dès l'enfance,

Des faits merveilleux des romans,

Lui fournissait en abondance

De quoi désoler ses amans.

C'était une de ces bergeres

Comme nous n'en voyons plus gueres ;

Perdant non-seulement le jour

Mais encore les nuits entieres,

A filer le parfait amour.

Cédant pourtant à sa priere ;

Je crus devoir *patienter* ;

Patienter en cette affaire,

C'est reculer pour mieux sauter.

Ma rare & sotte complaisance

Avait, pour toute récompense,

Ah !... des coups-d'œil... pleins de désirs !

C

Ah !... ah !... les plus jolis soupirs !...

Et pareille autre extravagance.

Parmi tous mes autres couplets,

Je veux, pour vous faire un peu rire,

Vous citer un de ces poulets

Qu'Églé s'avisait de m'écrire.

BILLET-DOUX.

AIR noté, N°. 8.

MOn tout aimable !

Mon adorable !

Bijou délicieux !

Ah ! ma chere ame !

Ah ! je me pâme !

Comment ? comment donc ?... quelle flamme !

Ah ! je suis cuite par mes feux !

Ahi ! ahi ! quel céleste délire !

Ah ! mon doudoux ! ah ! cœur des cœurs !

Ouf ! ouf ! ouf ! ouf ! hélas ! j'expire !

Je meurs ! je meurs ! je meurs ! je meurs !

Sans les sens, l'amour est détruit ;

C'est gentil Bernard qui l'a dit.

Gentil Bernard est un grand homme;
Même à Cythere on le renomme
Pour le plus sçavant professeur
Qui, depuis Pékin jusqu'à Rome,
Ait donné des leçons de cœur.

Je hais l'amour philosophique,
A la mode des Séraphins.
Cette tendresse archangélique,
Qui ne parvient pas à ses fins,
Quadre mal avec ma logique.
Bon, si j'étais un pur esprit,
J'aurais l'épine sans la rose;
Mais j'ai reçu pour quelque chose
Le corps que le bon Dieu me fit.

Un mois s'écoule, deux, trois, quatre,
Sans manquer un seul rendez-vous;
Les employant tous à combattre
En vain des préjugés si fous.
Las de soupirer comme un ange,
A Thisbé j'adressai mes vœux,
Et je ne perdis pas au change.

Thisbé tenait un grand état.

Jeune, jolie & sémillante ;

Noble, libérale, opulente ;

Compagne d'un vieux Magistrat,

Dont l'humeur était complaisante,...

-Mais complaisante ! il fallait voir !

Cette blonde vive & galante,

Dépêchait de tout son pouvoir

Le fonds de vingt mil francs de rente.

Je n'employai pas mon loisir

A former désir sur désir.

Thisbé n'était pas de ces femmes

Qui, brûlant d'inutiles flammes,

Cachent long-temps au fond du cœur

L'extrême ardeur qui les possede.

Je connus enfin le bonheur,

Sans le degoût qui le précede.

Obtenir tout si promptement !

Cela n'arrive pas souvent,

Dit l'amant las de son martyre.

Soit ; mais, si j'en crois la satyre,

Cela n'eſt plus rare à préſent.

Un jour qu'aux bras de cette belle,
Je venais d'être bienheureux :
» Mon cher Hurluberlu, dit-elle,
» Tout ne répond pas à mes vœux.
» Jamais je ne ferai contente,
» Si mon ame reconnaiſſante,
» N'obtient de vous ce que je veux.
» Je ſuis riche, & votre tendreſſe
» Mérite encor un autre prix,
» Que celui qui vous intéreſſe.... «
--- Qu'entends-je ! » Vous êtes ſurpris ?
» Mais, ſi votre délicateſſe
» S'allarme, & refuſe mes dons,
» Il faut renoncer à l'ivreſſe
» Des plaiſirs que nous attendons.
» Cédez au déſir qui me preſſe ;
» Prenez d'abord ces cent louis ;
» Cela vaut les meilleurs amis.
» Craignez qu'un refus ne me bleſſe. «
Comment faire ? il fallait opter.

C 3

D'abord. . . . je voulais héfiter ;
Mais, dit-on, qui refufe, mufe.
D'ailleurs l'amour fut mon excufe ;
C'eft lui qui me fit accepter.

Vous n'auriez pas agi de même,
Amants fcrupuleux à l'extrême !
Qui vous faites un point-d'honneur
De bien payer le don d'un cœur
Que vous aimez, fans qu'il vous aime !
Pour moi, je ne fus pas fi grand ;
Je reçus tout en lâche amant.
Mais je difais : j'en ferai quitte
Pour le reftituer enfuite.
Prenons toujours en attendant.
On fe mord les doigts bien fouvent,
Pour avoir eu l'ame trop fiere.
J'avais de cette façon-là,
Et bague, & montre, & tabatiere,
Habit, mouchoir, & *cætera* ;
De forte qu'en moins d'une année,
J'aurais pu me voir héritier,

Et poſſeſſeur du mobilier
Du mari de ma dulcinée.

Un jour le pauvre conſeiller,
Qui de ſa triſte deſtinée
Ne ſoupçonnait encore rien,
Obſervant à la promenade
L'anneau dont je faiſais parade,
Reconnut que c'était le ſien.
» Monſieur, dit-il, d'un ton ſévere,
» Quelle main preſte & téméraire
» Vous a fait préſent de mon bien?
» D'une infidelle qui m'outrage,
» J'apperçois trop tard les deſſeins;
» Et c'eſt mon ami qui partage
» Sa perfidie & ſes larcins! «
Ces reproches me terraſſerent;
Eh ! ne les méritais-je pas?
Les aſſiſtants qui me fixerent,
Jouirent de mon embarras.
Je tire ma bague en ſilence;
Puis, ſans oſer lever les yeux,

Je la lui rends en leur préfence ,
Et *zefte* , je quitte ces lieux.
Le lendemain , chez ma maitreffe ,
Je fis remettre exactement
Tous les dons que fi follement
M'avait prodigués fa tendreffe.
Si c'eut été tout auffi bien
L'époufe de quelque notaire ,
Ou de quelqu'autre mercénaire ,
Greffier, procureur, gens d'affaire ,
Ou quelqu'autre honnête *vaurien*
Qui fe fait, à propos de rien ,
Payer un énorme falaire ;
(Gens d'affaire ! il conviendrait plus
De vous furnommer gens d'écus !)
J'euffe bien pu , je le confeffe ,
Avoir moins de délicateffe ;
Car c'eft une forte d'honneur
De pouvoir voler un voleur.

Une bergere fi commode
Faifait regretter fa maifon.

Les *donneuſes* de ſa façon,

Ne ſont plus aujourd'hui de mode.

   Là *niece* d'un Prieur gouteux,

Soit-diſant veuve reſpeƈable,

Reçut l'hommage de mes feux.

Un pareil commerce à mes yeux,

Était plus ſûr & moins coupable.

Rempli d'un eſpoir plus durable,

Je fis ma cour à Danaë.

Eh ! quoi, toujours des noms en *é* ?

Allons, cela n'eſt pas croyable ;

Vous voulez rire. --- Eh ! mon Dieu, non ;

J'appelle les gens par leur nom.

Certes ; il faut qu'un rien vous ennuie,

Leƈeur, ſi vous allez ici

Trouver de la monotonie.

Un connaiſſeur qui juge ainſi,

Eſt un connaiſſeur difficile,

Pour ne pas dire un imbécile.

Mais trouvez-le mauvais ou bon,

Je n'en aurai pas moins raiſon.

Danaë, lefte & pétulante,
Était un compofé d'attraits ;
Mais babillarde, mais mordante ;
Cauftique s'il en fut jamais !
Sçachant r'habiller à merveille
Les jaloufes & les jaloux ...
Il fallait, dans fes rendez-vous,
Fermer la bouche, ouvrir l'oreille,
Rire & s'extafier fans fin
De fes nombreufes médifances.
C'était aux dépens du prochain
Qu'on achetait fes complaifances.
Que de farcafmes en un jour
Lançait cette terrible femme !
A fes yeux, la feule épigramme
Donnait quelque prix à l'amour.
Quel vice affreux ! quel caractere !
Pourtant le défir de lui plaire,
Joint à celui de fes faveurs,
Aurait pu m'apprendre à me faire
Pendant un temps à ces horreurs.

Que ne fait-on pas pour les belles?
C'eſt vous, divinités cruelles,
Qui réglez le ſort des États!
Vous régnez ſur les Potentats!
Rarement ils vous ſont rebelles.
A nos yeux ſouvent infidelles,
De nos vaines fureurs, hélas!
Vous ne vous intimidez pas!
Et vous voyez dans vos appas
Des armes plus fortes que celles
Dont a pu s'armer notre bras!
Par mille actions criminelles,
Pour vous plaire, on ſouille ſes mains;
Et nous faiſons plus pour les belles,
Que Dieu ne fait pour les humains.

J'euſſe bien pu de ma maitreſſe
Supporter les autres défauts;
Mais celui de parler ſans ceſſe,
Me parut le comble des maux.
Pour mieux ſignaler ſa tendreſſe,
Elle babillait, babillait!...

Jusques dans les moments d'ivresse
Où la plus bavarde se tait. . . . .
Sa langue à jamais incapable
De goûter le moindre repos,
Faisait un vacarme semblable
Au bruit tumultueux des flots.
Seul avec elle au pied d'un hêtre,
En m'enivrant de ses faveurs,
J'imaginais quelquefois être
Dans un cercle de tapageurs.

» Ah ! vous m'étourdissez, Madame, «
Lui dis-je un jour avec humeur !
Quelle insulte pour une femme
Dont la langue est le seul bonheur,
La seule gloire, la seule ame !
D'un aveu si peu ménagé,
Ma belle fut abasourdie.
Cette ingénuité hardie,
Ma foi, me valut mon congé.
De mon assommante bergere,
Je me séparai sans regret.

Qu'elle aille étourdir, s'il lui plaît,
M'écriai-je tout en colere,
Par son tintamare indiscret,
D'autres courtisans de Cythere ;
Pour moi je n'en ai plus que faire.

Ceci retrace à mon esprit
La confuse & bruyante image
De ces festins où l'appétit
A moins de part que le tapage.
Quand deux disputeurs vigoureux,
Dans la fureur qui les rassemble,
S'égosillant à qui mieux mieux,
S'efforcent d'écraser ensemble
Quatre autres plus robustes qu'eux,
Dont la voix rauque & funéraire
Imite le bruit du tonnerre ;
Moi, très-pacifique auditeur
De ces sçavantes bacchanales,
Près de ces deux sectes rivales,
Je fais le rôle de mangeur.

Papillonnant parmi les belles,

De rendez-vous en rendez-vous,
De combien d'aigrettes cruelles,
J'ombrageai le front des époux !
Sans approuver de ma tendreſſe,
Le prompt & fréquent changement,
Après un amour d'un moment,
Je m'ennuïais de ma princeſſe.

Peindrais-je la ſotte Aglaë ?
L'enthouſiaſte Cydaliſe ?
La capricieuſe Floriſe ?
Et l'indolente Alcithoë ?

Diſons un mot de toi, Thémire,
Et des accents que ſur ma lyre,
Pour te ramener ſous ſes loix,
Mon cœur t'adreſſa tant de fois ;
Lorſqu'à ton devoir trop fidelle,
Tu m'étais tout-à-coup rebelle ;
Demain l'amante de l'ami,
Aujourd'hui celle du mari?

COMPLAINTE.

AIR noté, N°. 7.

JAi perdu ma liberté
Dans les bras de ma Thémire :
Le plaifir que j'ai goûté,
M'a foumis à fon empire.
Liberté ! bien plein d'appas ! . . . .
Thémire ! ah ! daigne me le rendre !
Je l'ai laiffé dans tes bras !
Dans tes bras j'irai le reprendre.

Parais à ton tour fur la fcene,
Toi, dont Bacchus, ce dieu fougueux,
O ! rubiconde Célimene !
Guidait les tranfports amoureux !
Toi, dont la trogne féduifante,
Ne fe montra jamais en vain !
Dont la bouche toujours fumante,
Exhalait l'amour & le vin !
Vins-tu jamais fur la fougere,
Rire & folâtrer avec moi,
Sans que la bouteille & le verre
Fiffent cortege auprès de toi ?

Rappelle - toi nos chants d'ivresse ,
Lorsque, dansant sur le gazon ,
Dans une bachique allégresse ,
Nous perdions tous deux la raison !

GAVOTTE.

AIR : *Perrette fait bien la fiere, &c.*

HURLUBERLU.

Aimons, aimons, ma bergere.

CELIMENE.

Buvons, buvons, mon berger.

HURLUBERLU.

Sous les drapeaux de Cythere,
Ne crains pas de t'engager ;
Aimons, aimons, ma bergere.

CELIMENE.

Buvons, buvons, mon berger.
Si Vénus a de quoi plaire,
Bacchus a moins de danger.

HURLUBERLU.

Aimons, aimons, ma bergere.

CELIMENE.

Buvons, buvons, mon berger.

Ils sont présents à ma mémoire,
Ces regards faits pour enflammer,
Qui peignaient le besoin de boire,
Autant que le besoin d'aimer.
Qu'il était aisé, ma bergere,
Qu'il coûtait peu d'avoir ton cœur !
Six sols de vin, quatre de bierre
En donnaient la gloire au vainqueur.
Que d'amants firent ta conquête,
Auparavant privés d'espoir,
Pour aller seulement un soir,
Te défrayer à la guinguette !
Le nectar puissant de Bacchus
Parfumait tes baisers de flamme ;
Qui faisaient passer dans mon ame
La chaleur de ce divin jus.
Si tous les amants de la terre,
Adoptant tes joyeux projets,
Nous retraçaient ton caractere,
Il faudrait bien-tôt à Cythere,
Moins de lits que de cabarets.

D

Tracerais-je un de ces cantiques
Qu'à tes divinités bachiques,
La bonne chere & le bon vin,
Tu récitais soir & matin ?

A X I O M E.

Air bachique, noté N°. 3.

Qu'on est sçavant ! morbleu, qu'on est sçavant !
Lorsque l'on sçait bien manger & bien boire !
Qu'on est sçavant ! morbleu, qu'on est sçavant !
Non, rien ne vaut ce solide argument.
Quand un docteur méprise cette gloire,
Il n'est, ma foi, qu'un parfait igorant.

Que dirai-je de toi, Silvie,
Qui, des cartes faisant ton dieu,
As, dans le commerce du jeu,
Passé les trois-quarts de ta vie ?
Toi, qui, du soin de tes enfants,
Ne te faisant point une affaire,
Ne dérobais qu'avec colere,
A tes honteux amusements,
Quelques pressés & courts moments,

Pour te livrer au soin de plaire !
Le jeu seul, non le sentiment,
Fut le sujet de tes conquêtes ;
Cherchas-tu jamais un amant
Que pour l'accabler de tes dettes ?
O ! qui peut nombrer les ducats,
(Que jamais tu ne me rendras !)
Qui, pour tes frivoles appas,
Sortant en foule de ma bourse,
Trop long-temps firent ta ressource !

    J'aurais, de cette façon-là,
Conservé toujours ta tendresse,
Sans un malheureux *quinola*,
Que, dans un transport d'allégresse,
Je te mis avec trop de presse !
(Car il fallait que tes amants,
Se prêtant à ta phrénésie,
Bon-gré, mal-gré ; de temps en temps,
Fissent l'honneur de ta partie.)
Confuse à l'aspect imprévu
Du maudit petit téméraire,

Te voyant prise au dépourvu,
Au trop fougueux Hurluberlu,
Tu fis éprouver ta colere !

Rappellerais-je ici ton nom ?
Célébrerais-je ta conquête ?
Sublime & charmante Lison !
Tu décorais du nom de bête,
Tout amant qui, selon ta tête,
Ne gouvernait point sa raison.
Aurais-je cru qu'une chanson
Eut pu me valoir ta défaite ?

AIR noté. N°. 5.

LYse me dit tout uniment
Que je suis une bête ;
Je trouve cet aveu charmant
Autant que malhonnête.
Cette injure a tant d'agrément,
Qu'il faut qu'on la lui passe ;
Et dans un mauvais compliment,
Elle met de la grace.   *bis.*

En me traitant du haut en bas,
    Lyſe en eſt plus touchante;
C'eſt qu'elle ne réuſſit pas
    A faire la méchante.
Quand, par un mot injurieux,
    Sa bouche veut déplaire,
Celui qui regarde ſes yeux,
    Devine le contraire.   *bis.*

❧❧❧

Un autre, à ma place, aurait dit
    Ce qu'elle ignore encore;
Quelqu'un peut-il manquer d'eſprit,
    Lyſe, quand il t'adore?
Quant à moi, j'exprime autrement
    Mon ardeur & mon zele;
Mon eſprit devient ſentiment,
    Quand je ſuis auprès d'elle.

❧❧❧

Lorſque pour un objet charmant,
    Un berger s'intéreſſe
Il perd bien-tôt ſon enjouement,
    A force de tendreſſe.
Ton courroux, Lyſe, me ravit;
    Mais, pour que je m'en venge,
Lyſe, donnes-moi ton eſprit,
    Prends mon cœur en échange.

❧❧❧

D 5

Tout dans le monde a ſes défauts,
Les gens d'eſprits comme les ſots.
Meſdames, pour blâmer les vôtres,
Epargnez-moi votre courroux ;
Je ne prétends pas que nous autres
En ſoyons plus exempts que vous.
Quand je ferai quelqu'autre ouvrage,
A votre éloge conſacré,
Vous y verrez à chaque page,
D'un Texe par-tout révéré,
La fidelle & flatteuſe image.
Je ſçais bien que par vos vertus,
Sur celui qui vous rend les armes,
Vous l'emportez quelquefois plus
Que par tout l'éclat de vos charmes.
Mais, ſi, déguiſant mes portraits,
J'allais rendre les gens parfaits,
En traçant ma galante hiſtoire,
Vous diriez : Cet auteur-là ment ;
Et vous ſeriez, aſſurément,
Les premieres à n'en rien croire.

NOTES
DU SECOND CHANT.

(Page 35, *vers* 1.)

Gentil Bernard eſt un grand homme!

CEla poſé, il y aurait plus de grands. hommes qu'on ne penſe ; mais on excuſe cette expreſſion dans un Poëme conſacré .à l'éloge de l'amour. Ce mot de *grand homme* eſt dans toutes les bouches ; a-t-on réuſſi dans quelque genre de travail que ce puiſſe être, on eſt un grand homme. En honneur, nous n'y penſons pas., avec nos héros de caprice ! Qu'eſt-ce donc qu'un grand homme ? ... Je répondrais peut-être à cette queſtion ; mais mes idées ne quadreraient pas avec celles de nos archi-philoſophes. Nous avons en France quelques ſçavants qui, comme le loup de La Fontaine, écriraient volontiers ſur leur chapeau : c'eſt moi qui ſuis un tel, *grand homme* ! Je veux bien, mon ami, que vous ſoyez un homme d'eſprit, un homme de bon ſens, un homme même vertueux ; c'eſt beaucoup ; mais c'eſt dommage que vous le ſçachiez toujours avant les autres. Lecteur, vous verrez un jour quelque phénomene bien triſte pour la république des lettres. Un de ces grands.

D 4

hommes, que nous n'ofons envifager, tant nous les admirons ! fe trouvera quelque beau foir crevé dans fon cabinet. Comment prévenir ce mal ? Il n'y a pas en France de médecin contre l'hydropifie d'orgueil.

(Page 46 , *vers 9.*)

L'enthoufiafte Cydalife.

L'enthoufiafme, chez les femmes, paffe fouvent pour l'effet d'une aimable vivacité, quand il n'eft que celui d'une préfomption opiniâtre. On peut cependant, fans une prévention mal-fondée, regarder comme aimable une femme qui met un peu d'enthoufiafme dans fa maniere de narrer, d'agir & de penfer ; mais je ne crois pas me tromper bien fort, en affurant que l'ignorance produit prefque toujours une partialité outrée en fait de littérature. Une femme bel-efprit, déja toute éblouie d'une étincelle de fcience, qu'elle a cru fe procurer par la lecture fuperficielle d'un auteur qu'on lui a prêté, s'imagine égaler les vrais fçavants par des citations ineptes encore plus que fauffes. J'en ai connues qui, n'ayant lu qu'un ou deux ouvrages remplis des principes les plus faux, admiraient un feul auteur au préjudice de tous les autres ; une admiration outrée prouve invin-ciblement l'ignorance ; elle prouve même une arrogance ftupide, qui ne fe donne pas la peine d'examiner le pour & le contre, avant de prononcer.

On commence par ſe croire infaillible ; on lit enſuite bien ou mal ; & puis on juge ; voilà ce qui arrive tous les jours !

(Page 50.)

AIR noté, Nº. 3. *Qu'on eſt ſçavant ! &c.*

Pluſieurs amateurs ont trouvé plaiſant & naturel l'air que l'on a compoſé ſur ces paroles. Le grand mérite d'un air, c'eſt d'être analogue aux paroles. J'eſpere qu'on ne fera pas à notre auteur l'injuſtice de croire que parmi ces airs, dont quelques-uns ſont aſſez jolis, il n'y en a pas auſſi quelques-autres compoſés exprés par forme de plaiſanterie. L'air du billet doux : *Mon tout aimable*, chanté à l'italienne, fera voir la bizârerie de certains genres de Muſique, dont quelques perſonnes ſont idolâtres. En général, ces airs exigent un accompagnement de guittare ; & quiconque les chantera avec goût, au ſon d'une guittarre pincée avec art, s'appercevra ſans peine de l'impreſſion que fait ſur un individu bien organiſé, une romance rendue au naturel.

CHANT III.

POur ne point faire de jaloux
Parmi le peuple appellé *dames*,
Après avoir parlé des femmes,
Filles : parlons un peu de vous !
    Me faudra-t-il donc à tout âge
Jouer le rôle d'un volage,
Me dis-je un jour ? Ah ! je rougis
D'être le fléau des maris.
Fi ! c'eſt un vilain perſonnage ;
Oui ; ſi déſormais je m'engage,
Ce ſera ſous quelque loi ſage,
Et pour toujours ; je veux enfin
Ceſſer de vivre en libertin.
Le remede au libertinage
Eſt, dit-on, d'entrer en ménage,
Epouſons donc ; mais avant tout,
Examinons ; tâchons de prendre
Quelque femelle à notre goût;

A force de voir & d'attendre,
Nous en viendrons peut-être à bout.
L'homme senfé qui fe marie,
Y réfléchit plus d'une fois.
Lecteur : quand on a fait un choix,
Mauvais ou bon, c'eft pour la vie.
N'exigeons pas qu'on foit parfait ;
Avec des défauts on peut plaire.
Au fait, c'eft être trop févere
Que de vouloir qu'un caractere
Se plie à tout ce qui nous plaît,
Et que l'homme foit fur la terre
Autrement que Dieu ne l'a fait.

Mais, fi, dans cette route obfcure,
Où l'on n'avance qu'à tâtons,
Il fe prefente une aventure,
Eh bien ? Nous en profiterons......
Ces chofes-là font de nature
A ne fe refufer jamais.
Si quelqu'un gronde, on lui dit : paix !
Paix, s'il vous plaît ! car à ma place,

Précheur, qui faites la grimace,
Mal-gré votre ton de pédant,
Vous en auriez fait tout autant.

Je commençai par Émilie,
Le cours de ma nouvelle vie.
Mufe ! peignons au naturel
Des attraits dignes d'un autel.

Émilie était à cet âge,
Qui n'a plus la fleur du printemps ;
Où fouvent, laffe d'être fage,
Fillette auparavant fauvage,
Prête enfin l'oreille aux amants.
Mais, dédaigneufe autant que belle,
Elle avait eu dans tous les temps,
Un ton de morgue, un air rebelle,
Propre à défefpérer les gens.
L'orgueil amer d'un froid fourire ;
Payait les foupirs amoureux
Que faifaient naître fes beaux yeux ;
Et fur fes refus peu douteux,
Le fat le plus préfomptueux,

N'aurait ofé, pour un empire
Hafarder un mot de fatyre.
  J'effayai, grace à fa beauté,
De fléchir cette humeur altiere ;
Et, plus elle avait de fierté,
Plus je me flattai de lui plaire.
Elle était grande, & fes cheveux,
De Vénus imitaient la treffe ;
Elle était blonde, & fes yeux bleus
Donnaient du refpect à l'ivreffe.
  Quand à la fin je m'apperçus
Que tous mes efforts auprès d'elle,
Tous mes foins étaient fuperflus ;
Je parus redoubler de zele ;
Ils devinrent plus affidus.
Bien-tôt, pour couronner la feinte,
J'affectai des airs de vainqueur,
Me targuant de l'efpoir flatteur
De poffféder dans peu, fans crainte,
La main d'Émilie & fon cœur.
Cette farouche créature,

Surprise de ce nouveau ton,
Prend ma gaîté pour une injure,
Et m'en demande la raison.
Lors, prenant cet air d'assurance
Des amants pleins de suffisance,
Je lui récite ma chanson.

AIR noté, N°. 2.

J'Ai triomphé de ma bergere
En dépit de sa cruauté ;
De la beauté la plus sévere,
J'ai pu soumettre la fierté ! . . .
Dans tes yeux je vois ta défaite ;
Tout me parle de mon bonheur. . . .
Tu crains de perdre ta conquête ;
Mais tu ne connais pas mon cœur ! *bis.*

Va, ne crains rien d'un cœur qui t'aime !
Sois toujours sûre de ma foi !
Hélas ! sans me trahir moi-même,
Pourrais-je renoncer à toi ?
L'amant soumis à ton empire,
Peut-il se plaindre du destin ?
Tu lui ferais, par un sourire,
Oublier des jours de chagrin.   *bis.*

Flatteufe encore plus que bizâre,
Cette chanfon fit fur fon cœur
Un effet auffi prompt que rare
Chez les filles de fon humeur.
On prit d'abord un ton d'aigreur;
Puis ma chanfon fut déteftable ;
Puis on me la redemanda ;
Puis on fourit ; puis on bouda ;
Et puis on fe raccommoda ;
Puis enfin je parus aimable ;
Puis je devins l'ami du cœur ;
Deux couplets en eurent l'honneur.

Quand fillette d'un certain âge,
Se rend pour la premiere fois,
On dit qu'elle fe dédommage
D'un long & pénible efclavage.
Il ne fe paffa pas un mois,
Sans qu'aux bras de mon Émilie,
Je vengeaffe fur fes attraits,
Tous les maux qu'elle m'avait faits.
Non ! je n'ai rien vu de ma vie,

Rien.

(65)

Rien admiré de plus charmant.
Que ce qu'alors ... — Mais, un moment !
Un brave homme, un auteur qui pense,
Ne dit pas cela tout crûment. —
Soit ; un sein d'albâtre ... — Silence ! —
Taisons-nous donc. Que d'agrément
Dans un baiser pris sur sa bouche !
Que d'appas, lecteur ! que d'appas !
Cela se sent ; cela vous touche ! ....
Mais des vers ne l'expriment pas. —
Eh ! bien, encor ! comme il bavarde !
Ah ! quelle langue ! — Sur ce point,
J'ai tort ; je n'en disconviens point.
Ma Muse est une babillarde.

De m'avoir bien-tôt pour époux,
Ma bergere avait l'espérance.
Mais, voyez un peu l'inconstance !
Rosette fit tourner la chance,
C'est très-mal agir, direz-vous !
Oh ! très-mal agir ; je l'avoue....
Un mari futur, qui se joue

E

Des plus faintes loix du devoir,
Eft un traître, un monftre, un cœur noir ;
Digne du gibet, de la roue. ... ----
Oh ! de tout ce qu'il vous plaira ;
Et plus encor que tout cela.

Rofette était brune & piquante,
Vive, joyeufe, aimant les tons,
Et quelquefois un peu méchante,
Quelquefois même impertinente ;
Mêlant toujours quelques lardons,
Souvent mauvais, quelquefois bons,
A fes gentils petits fermons.
D'une humeur douce, affez liante,
Et quelquefois trop complaifante ;
En tout temps, fort intéreffante.
Rien, de fa folâtre gaîté,
Ne modérait la pétulance ;
Et fouvent fa vivacité
Allait jufqu'aux traits d'arrogance.
Difant hardiment : *Je vous haïs,*
A qui ne fçavait pas lui plaire :

Elle chériſſait ſans myſtere
Qui pour elle avait des attraits.
Mais, idolâtre à toute outrance,
De la muſique & de la danſe,
Elle donnait ſur ſes amants,
A ces deux chers amuſements,
La plus bizâre préférence.
On ne lui faiſait point ſa cour
En reſtant aſſis auprès d'elle ;
Pour être aimé de cette belle,
Il fallait danſer tout le jour,
Danſer ou chanter ; il n'importe.
Si l'on manquait de ce talent,
On pouvait choiſir librement
De la fenêtre ou de la porte.

   Dans ſes vaſtes appartements,
On ne s'aſſoïait qu'à la gêne ;
Un ſeul fauteuil s'offrait à peine.
Ses meubles n'étaient qu'inſtruments,
Violons, baſſes, clarinettes,
Hautbois, clavecins, épinettes,

Deſſus de viole, *& cætera;*
De quoi fournir en abondance
Quarante orcheſtres d'opéra.
Rien que pour cet article-là,
Quel Bareme nous apprendra
A combien montait ſa dépenſe ?
C'était par goût, je le crois bien;
Mais que ce ne fût pas encore
Un peu par ton, je n'en crois rien.
Sauf meilleur avis, mais le mien
Eſt qu'il faut un peu d'ellébore
A tous gens de ſemblables goûts,
Car je crois qu'ils ſont un peu fous.
Je crois bien même qu'à Bicêtre,
Sans injuſtice ils pourraient être,
Mais à leur aiſe, qui s'entend !
Vêtus, logés commodément,
Allant & venant librement,
Et nourris ! nourris graſſement;
Car ſans cela c'eſt une vie,
C'eſt un ſéjour d'infortuné;

C'eſt le ſupplice d'un damné,
Et tous les ſoins de la patrie
Dégénerent en tyrannie.

　Pour ne pas être comme un ſot
Parmi les amants de Roſette,
Il fallut payer mon écot
Par quelque préſent de ma tête.

　Je danſe mal, je l'avouerai
Par-tout, en cas de concurrence,
Ce ne ſera point par la danſe
Que jamais je l'emporterai.
Mais je chante !... Ah ! c'eſt un prodige !
Ceux même, dont l'état exige
Un talent parfait en ce point,
Ne me le diſputeront point.
En Hollande, en Pruſſe, en Hongrie,
(Ceci ſoit dit ſans vanité,)
En Allemagne, en Italie,
En France, en Pologne, en Turquie,
En Moſcovie, en Tartarie,
En Danemarck, en Laponie,

E 3

&c. &c. &c. &c. &c. &c.

On ferait par-tout enchanté
De ma touchante mélodie.
Je le confeffe, en vérité,
Et même en toute humilité ;
Mes accents valent bien la peine
Qu'on les vienne entendre de loin.
Je pourrais même, en un befoin....
Que fçait-on ? .... fortir de mon coin
Pour aller briller fur la fcene.
Bref ; des chanteurs dans ce goût-là,
Nulle part on n'en trouvera,
Comme on dit, treize à la douzaine.
Je fuis bel-homme avec cela !
Deux grands yeux noirs !... & l'encolure !..
Du plus beau brun !... une tournure !...
Ah ! c'eft un charme ! un port !... des dieux !
Et l'air ! ... le plus majeftueux !
Bref ; la plus charmante figure
Qu'ait pu fabriquer la nature.
    D'un efprit ! d'un goût ! ... fans égal !

Faisant des vers ! des vers ! je gage . . .
Pas mal, dit-on ; --- Comment ? pas mal !
Vraîment ! c'est bien là le suffrage
Qu'il faut accorder à mes vœux !
--- Bien, très-bien, on ne peut pas mieux
--- Ah ! j'y suis ; bon pour ce langage ;
Voilà l'éloge que je veux.
  Il ne faut rien dire à sa gloire ;
Dira quelque vieux radoteur,
Et l'on se moque d'un auteur,
S'il a l'air de s'en faire acroire.
Allons ; vous rêvez, mon ami !
Jadis cela pouvait bien être ;
Mais il faut dans ce siecle-ci,
Pour briller, chercher à paraître.
Par-tout on se vente aujourd'hui.
Ce nouveau ton vient à l'appui
Des cercles les plus à la mode ;
Et tout inspirerait l'ennui,
Sans cette admirable méthode.
  Ma bergere me dit un jour :

E 4

» De tous ceux qui me font la cour,
» J'ai mis les talents à l'épreuve.
» Vous feul reftez en ce féjour,
» Sans m'avoir donné quelque preuve
» De votre droit à mon amour.
» Or, voici ce qu'il vous faut faire,
» Pour être plus fûr de ma main ;
» Vous compoferez pour ma mere
» Un compliment ; car c'eft demain
» Le jour qu'on célebre fa fête.
» Vous viendrez avec mes amants,
» Chanter au fon des inftruments,
» La chanfon que vous aurez faite. «
    Je m'acquittai de cet emploi,
Avec ce plaifir & ce zele
Que devait attendre de moi
Une amante exigente & belle.
Mes vers furent un peu moins plats
Que ceux que l'on fait pour les fêtes,
Où les meilleurs font les plus bêtes.
Je ne vous les redirai pas.

Mais Rofette en fut en extafe ;
Et, fans chercher de périphrafe,
Elle m'avoua bonnement
Qu'elle m'aimait éperdument.
Ravi d'un aveu fi charmant,
Hurluberlu fe met en quatre
Pour fe conformer à fes goûts.
Il n'eut plus alors à combattre
Que la cabale des jaloux.

Que de travaux ! que de fatigues !
Pour l'emporter par mes talents,
Sur mes dangereux concurrents ;
Pour faire échouer leurs intrigues,
Je rimais les trois-quarts du temps.
Je chantais, chantais fans relâche,
Suant, travaillant jour & nuit
Autant qu'un forçat à l'attache ;
Pour extorquer de mon efprit
Aujourd'hui quelque chanfonette,
Demain quelque gente ariette,
Romance, & tout ce qui s'en fuit.

Tout cela, pour qui ? Pour Rofette.

Faut-il que je vous les répete ?

Ma foi ! c'eft que j'en ai fait tant !...

Six colporteurs en les vendant,

En auraient par-deffus l'épaule.

Voici toujours en attendant

Des couplets fur le compliment

Que j'avais fait pour fa maman.

Cette chanfon lui plut d'autant ;

Sans être excellente, elle eft drôle.

A i r noté, N°. 1.

C'Eft demain la Fête à Maman ;
Il me faudrait un compliment.
Colinet, veux-tu me le faire ?
Je le veux bien, fi tu le veux.
Viens avec moi fur la fougere,
Et nous verrons cela nous deux.

Ainfi l'amoureux Colinet
Sortit un jour avec Babet.
Chemin faifant, la bergerette
Difait, dans un tranfport joyeux,
Nous nous affoirons fur l'herbette,

Et nous ferons cela nous deux.

———❦———

Le compliment eſt déjà fait ;
On voudrait y joindre un bouquet ;
Pends ce panier à ta ceinture ;
Les fleurs s'y conſerveront mieux.
Cueille avec moi, ſur la verdure ;
Et nous mettrons cela nous deux.

———❦———

La maman trouva tout charmant,
Le bouquet & le compliment ;
Ma fille, Colinet s'en mêle.
Oh ! je vois cela dans tes yeux.
Oui da, maman, s'écria-t-elle !
Nous avons fait cela nous deux.

———❦———

Juſques-là l'aimable Roſette
Ne m'avait preſſé que la main.
Elle attendait que notre hymen,
En rendant ma gloire complete,
Me fit jouir de ma conquête.
Souvent fille qui danſera,
Rira, jouera, folâtrera,
N'en ſera pas avec cela,
Et moins ſcrupuleuſe & moins ſage.

Oui ; mal-gré fa vivacité,
Rofette l'aurait emporté
Sur bien des prudès de fon âge:
Quand un fripon d'amant voulait
Pouffer trop loin le badinage,
Comme elle vous le faboulait !
    Matin & foir importunée
Par un cortege adorateur,
Que peut faire une dulcinée
Pour l'objet qu'a choifi fon cœur ?
C'eft avec lui, qu'étant feulette,
Elle connaîtra le danger.
Hélas ! feule avec moi, Rofette
Ne craignit pas de s'engager !
    Voyant tous mes foins inutiles,
Et les affauts trop difficiles,
Je commençais pour cette fois
A défefpérer ; quand aux bois
Le hafard veut que je la mene,
C'eft dans les bois qu'on eft exempt
De cette infupportable gêne

Qu'impofe un devoir trop pefant.
Je l'ai dit ; je le dis encore :
Dans les bois fouvent on a vu
Glifler la plus ferme vertu.

C'était une heure avant l'aurore ;
Tout dormait, excepté l'Amour ;
Ce maraud veille nuit & jour.
Qu'arriva-t-il ? oh ! plus d'un tour.
L'exorde fut un baifer tendre.
On eut bien voulu s'en défendre ;
Mais on ne put. D'autres fuivirent ;
On eut bien voulu s'en fâcher ;
Mais on ne put. Mes mains agirent.
On eut bien voulu l'empêcher ;
Mais à peine eut-on le courage
De prononcer faiblement *non* ;
Si bien qu'à la péroraifon,
Nous arrivâmes fans tapage.

Eh ! puis, fouffrez après cela
Qu'une fille s'abfente une heure !
Maman, cela vous apprendra

A bien fermer votre demeure !
Si les amants viennent chez vous,
Obfervez-les avec fineffe ;
Mais n'expofez jamais aux loups
La brebis qui cherche fans ceffe
A s'échapper loin du troupeau.
Jamais fans vous qu'elle ne forte ;
Car, dès qu'elle a paffé la porte,
Il lui faut un maître nouveau.

Sur cette plaifante aventure,
Je compofai quelques couplets.
Lecteur, je les crois de nature
A vous paraître tout drôlets,
Tout amufants, tout gaillerets,
Tout joyeux, & tout gentillets ;
Car, voyez-vous ? moi ! je chanfonne
Auffi plaifamment que perfonne.

A I R noté, N°. 6.

COrine eft bien jeune encor
Et bien chere à Lifidor.
La bergere eft tendre & févere,

Entre l'amour & le devoir.
Lifidor plaît à la bergere ;
Mais Lifidor eft fans espoir.   *bis.*

Un jour, feul il fuit fes pas ;
   Corine ne s'en plaint pas.
Elle efpérait de la fageffe
Ne jamais vaincre le pouvoir.
Corine avait de la tendreffe,
Et fe flattait d'un fol efpoir.   *bis.*

Il l'embraffe ; elle veut bien,
   Croyant qu'un baifer n'eft rien.
Jeunes beautés ! prenez-y garde !
Ce rien n'eft pas ce qu'on peut voir ;
Et tout amant qui le hafarde
Ne borne point là fon efpoir.   *bis.*

Il la preffe entre fes bras ;
   Elle ne s'en défend pas.
La nuit commençant à paraître
Amenait les dangers du foir ;
Et Lifidor fentait renaître,
En la voyant, tout fon efpoir.   *bis.*

L'amant pourfuit fon deffein ;
   Il découvre.... Ah ! le beau fein !
Oh ! pour le coup, lui dit Corine,

Mais fans rajufter fon mouchoir ;
Tant d'imprudence me chagrine !
Bornez ici tout votre efpoir.   *bis.*

Le berger confus, trembla ;....
Mais il ne s'en tint pas là.
En peu de temps il fe raffure ;
Heureufement le temps eft noir ;
Il en profite avec ufure
Pour couronner fon tendre efpoir. *bis.*

Il pourfuivra fur ce ton
Tant qu'on ne dira pas *non.*
Mais on prend goût au badinage ;
Au pied d'un hêtre on va s'affeoir.
Bien-tôt Corine n'eft plus fage...
Corine a perdu tout efpoir.   *bis.*

Lifidor, depuis ce temps,
A de fortunés inftants.
Loin de laffer fa complaifance,
Il a plus qu'il ne veut avoir ;
Et, chaque fois qu'il recommence,
Le fuccès paffe fon efpoir.   *bis.*

Fillettes ! que ma chanfon
Soit pour vous une leçon !
Quand un amant devient trop tendre ;

Si vous daignez le recevoir,
Trop de douceur lui fait entendre
Qu'il n'aura jamais trop d'espoir.　　*bis.*

O ciel ! j'abandonnai ma belle !
Brillant soleil ! éclipfez-vous ;
Je l'aimais, j'étais aimé d'elle ;
Et je ne fus point son époux !
Planettes ! foudre ! éclairs ! tonnerre !
Ecrasez, abîmez la terre ! . . .
Mais, quoi ! n'avais-je pas raifon !
En ménage comment vit-on,
Quand à la mufique, à la danfe,
Il faut immoler fa maifon ?
Un *gere fol*, un *femi-ton*
A-t-il jamais garni ma panfe ?
Dînons, foupons toujours d'avance ;
Et puis, quand j'aurai fait bombance,
Régalez-moi d'un rigaudon.

Mais voyez comme on fe confole
De la perte de fon amant !

F

Fille ! notre fexe eft frivole ;
Mais le vôtre l'eft bien autant.
Qui l'aurait cru de ma bergere,
D'abord fi fage, fi févere ?

Un petit Prémontré tout blanc,
Tout blanc des pieds jufqu'à la tête,
Vint à bout d'obtenir le rang
Que j'occupais près de Rofette.
J'entends ces Prémontrés bourgeois,
Qui courent les cercles des villes ;
Non ces Prémontrés villageois,
Aimables citoyens des bois,
Qui, dans leurs modeftes afyles,
S'affujettiffent à des loix
Plus fages & moins inciviles.

Ce moine, vain, fier, fot, galant,
N'avait pas eu probablement
Ce qui plaît à toutes les Dames ;
Car bon nombre d'aimables femmes
L'avaient éconduit fans façon,
L'appellant bête, avec raifon ;

Ce qui n'eſt pas trop du bon ton;
Car il eſt aſſez malhonnête
De dire à quelqu'un qu'il eſt bête.
Cependant il plut à Roſette;
Jouant par fois, (c'eſt un talent,)
De la flûte paſſablement.

  O combien de beautés encore
Me ſéduiſirent vainement,
Et me prouverent conſtamment
Qu'à Cythere communément
On épouſe moins qu'on n'adore!
Puiſqu'on adore à tout moment,
Et qu'on n'épouſe pas ſouvent.

  Que dirai-je d'Eléonore,
Cette ſçavante au ton pédant,
Qui, ſçachant par cœur un ouvrage,
Traitait d'inepte, d'ignorant
Qui n'accordait pas ſon ſuffrage
A ſon auteur impertinent?
Tant que je flattai cette belle,
Je fus un prodige à ſes yeux;

Quand je ne penſai pas comme elle ;
Je fus un ſot, un orgueilleux.
Près de l'ignorante Flavie,
Que de dégoûts à ſupporter !
Que d'obſtacles à ſurmonter,
Chez la dévote Anaſtaſie !
    Et toi, longue & vaſte Eugénie !
Coloſſe animé par l'amour,
Dis-moi, par quelle fantaiſie,
Par quelle aventure inouie,
Hurluberlu te fit ſa cour ?
N'employas-tu point la magie,
Pour plaire à mon ame atendrie ?
Sept pieds de haut, dix de contour,
De ton corps formaient le volume !
De tes ſoupirs *in-folio*,
Quelle terrible & lourde plume
Tracerait l'énorme tableau ?
Bergere immenſe ! as-tu pu croire
Que de ta maſſive beauté
Je fuſſes long-temps enchanté ?

Ta gigantefque dignité,
Ta pefante rotondité,
De leur ample capacité
Accablent encor ma mémoire.
Hurluberlu, plus de vingt fois,
Se crut écrafé fous le poids
De tes baifers épouvantables,
Et tes appas infupportables
Le mirent bien-tôt aux abois !

Parlerai-je de toi, Sophie,
Sage par fingularité,
Et modefte par vanité ;
Dont la fotte philofophie,
Affectant des airs de bon fens,
Te fignalait à tes dépens
Près de tes cauftiques amants ?
Peignons une autre philofophe,
Et finiffons par ce portrait.
Je fens que, plus que je n'ai fait,
J'aurais dû ménager l'étoffe.

Zelmire était de bonne foi,

F 3

Sans fe pâmer auprès de moi,
Zelmire avait de la tendreffe,
Et de la douceur fans faibleffe.
Zelmire avait de la fierté,
Sans être par trop fuffifante;
Zelmire avait de la gaîté,
Sans être par trop pétulante;
Zelmire avait de la beauté,
Sans être par trop *raviffante.*
Elle ourlait, brodait, tricotait,
Filait, repaffait & chantait.
Zelmire enfin toute fa vie,
De la faine philofophie,
Doit être un modele parfait.

La bonté de ce caractere
M'infpira de folides goûts.
Je quittai mon humeur légere,
Et bien-tôt je fus fon époux.
Il ferait trop long de vous dire
Pourquoi, comment, j'en vins à bout.
Je vis heureux avec Zelmire;

Nous nous aimons ; & puis, c'est tout.

Finissons d'une autre maniere.

Lecteur, avant de vous quitter,

Il me plaît de vous réciter

Ce que je fis pour ma bergere,

N'étant encor que son amant.

Convenez donc qu'on ne peut guere

Finir un livre plus gaîment.

AIR noté, N°. 9.

SI tu voulais, jeune Zelmire,
Mais tu ne le voudras jamais !
Partager ce que tu m'infpires ;
Que notre fort aurait d'attraits !   *bis.*

❧

'Tu pourrais juger par toi-même,
Mais tu ne le pourras jamais !
Juger comment, combien je t'aime,
Combien j'ai droit à tes bienfaits.   *bis.*

❧

Tu fçaurais de la jouiffance,
Mais tu ne le fçauras jamais !

Quel eſt le charme & la puiſſance
Pour des amants vifs & diſcrets ! *bis.*

Tu verrais d'un cœur qui t'adore
Les ſentiments les plus ſecrets ;
Tu verrais autre choſe encore,
Mais tu ne le verras jamais ! *bis.*

Si j'avais ce que je déſire,
Et ce que je n'aurai jamais,
Tout ce que tu verrais, Zelmire,
Vaut-il ce que tu ſentirais ! *bis.*

NOTES
DU TROISIEME CHANT.

(Page 70, *vers 15.*)

Deux grands yeux noirs ! ... & l'encolure ! ...
Du plus beau brun ! ... ——

CE qui prouvera aux lecteurs difficiles à convain-
cre, que l'auteur de ce petit Poëme n'a eu perfonne en vue dans les différents caracteres, c'eft
que le héros qu'il introduit fur la fcene, eft abfo-
lument différent de fa perfonne ; fans parler des
qualités morales, il eft aifé de démontrer que le
portrait qu'il fait de lui-même, eft loin de reffem-
bler à celui de l'auteur : *deux grands yeux noirs* &
la figure d'un beau brun ne font pas tout-à-fait
la copie d'un original à yeux bleus, à cheveux
blonds, & dont l'œil gauche, jadis endommagé par
le feu, porte l'empreinte ineffaçable de ce funefte
accident. Ainfi il n'y a pas lieu de regarder les
éloges qu'*Hurluberlu* fait de lui-même comme l'effet d'une vanité raffinée de notre auteur ; toutes fes
aventures & tous fes accès d'enthoufiafme, ne font
qu'une pure plaifanterie, imaginée pour divertir un
lecteur, & pour caractérifer le genre comique de ce
Poëme.

(Page 82, vers 5.)

Un petit Prémontré tout blanc.

Loin d'avoir en vue l'Ordre, felon moi, le plus eftimable de la Hiérarchie Monaftique, l'auteur ne fe propofe que de lancer un farcafme bien mérité contre ces reclus qui habitent une ville, comme un vafte couvent, qu'ils font libres de parcourir à leur aife. On les voit fréquenter habituellement les cercles les-moins *canoniques*, perdre leur piftole au pharaon, comme ferait un jeune cadet d'infanterie, galopper les concerts & les parties de plaifir, fe mêler même des intrigues galantes, fe fourrer, en un mot, par-tout à propos de botte. Ces faquins à *croquignolles*, méritent bien qu'on les repaffe un peu dans une fatyre. Du refte, nous avons le plus grand plaifir à déclarer que l'auteur aime les Pré-montrés plus que toutes les autres claffes de Reli-gieux. Voyez les *Petites Maifons du Parnaffe* ; on y rend à cet Ordre utile, le tribut d'éloges dont il paraît vouloir fe rendre digne de plus en plus.

(Page 85, vers 17.)

Peignons une autre philofophe.

Une femme philofophe ! ah ! bon Dieu ! ne vous prend-il pas des envies de rire par éclats, quand

vous, entendez prononcer ces plaifantes expreffions !
J'en ris ! mais j'en ris de bon cœur ! Croirait-on
qu'il fe trouve dans une Province des benêts affez
dupes de leur cœur, pour admirer, dans leurs
amantes ou dans leurs époufes, un *je ne fçais quoi*
de bizâre, qui leur fait prendre un ton de philofophie, le plus ridicule du monde ? Une femme
philofophe !... ha ! ha ! ha ! où eft-elle donc, felon vous ? La voici, m'allez-vous dire : Lucinde
fçait par cœur tous les romans modernes, elle ne
va ni à la meffe, ni à vêpres ; elle dédaigne toutes
fes rivales. Elle fourit ! d'un air fi impérieux ! fi fier,
aux femmes vulgaires, qui ont la bonhommie de
croire en Dieu ! Elle a foin de prendre pour un
trait d'admiration, un trait d'audace dans un amant
qu'elle regarde comme un partifan de fa morale,
tandis qu'il n'en veut qu'à fa phyfique, &c. Elle
jouit d'une réputation incroyable, brave les préjugés, fronde les opinions, & a pitié des fottifes du
genre humain, &c..... Voilà donc votre femme
philofophe ? Eh bien ; voici la mienne : Julie fe leve
quand on fe leve ordinairement, & n'a pas la philofophie de faire du jour la nuit ; elle n'a pas non
plus la fotte préfomption de fe fingularifer : fi fes
vertus la diftinguent des autres femmes, elle ignore
cette fupériorité. Elle coud, brode, file, tricote,
veille à fon ménage, foigne fes enfants, croit en
Dieu, & à la fidélité conjugale ; lit un peu, donne
quelques moments perdus à la culture des talents

de société qu'elle a reçus de la nature, préfere enfin la paisible obscurité de sa maison, au brillant dehors d'une vie tumultueuse ; & tout cela sans affectation, sans gêne, sans cette activité trop impétueuse, qui dénote le mécontentement de son sort ; toujours gaie, toujours égale ; elle fait régner l'ordre dans son petit état, &c. &c. Voilà ma philosophe ! Le ciel préserve un honnête homme d'avoir une compagne plus merveilleuse & plus sublime que celle-là !

F I N.

(1)

AIRS DES CHANSONS

INSÉRÉES dans le Poëme d'Urluberlu,
Paroles & Musique du Cousin Jacques.

Nº. 1.

Allegretto.

A

N.º 2.

Moderato.

J'AI triomphé de ma ber-ge-re, en dépit

de sa cruau-té; de la beauté la plus sé-

vere j'ai pu soumettre la fierté....! Dans

tes yeux je vois ta dé-fai-te; tout

me par-le de mon bonheur...Tu crains

de perdre ta conquê-te; mais tu ne con-

nois pas mon cœur! mais tu ne connois pas

mon cœur!

N°. 3.
Larghetto.
Qu'on est sçavant, mor-bleu, qu'on est
sçavant ! lorsque l'on sçait bien manger
& bien boire : qu'on est sçavant, morbleu,
qu'on est sçavant ! non, rien ne vaut ce solide argument; non - - -, rien ne vaut ce
solide argument; non - - - - - - - - -
- - - - - - - - rien, rien, rien, rien,
non, - - - - - - - - - - - - - - - -

non,
rien ne vaut ce folide ar - gument !
Reprife.
Quand un docteur méprife cette gloi-re,
il n'eft, ma foi qu'un parfait i-gnorant;
qu'un parfait i-gno-rant, qu'un parfait
ig-no-rant, qu'un parfait i- - - -
- - - - - gnorant, qu'un par-

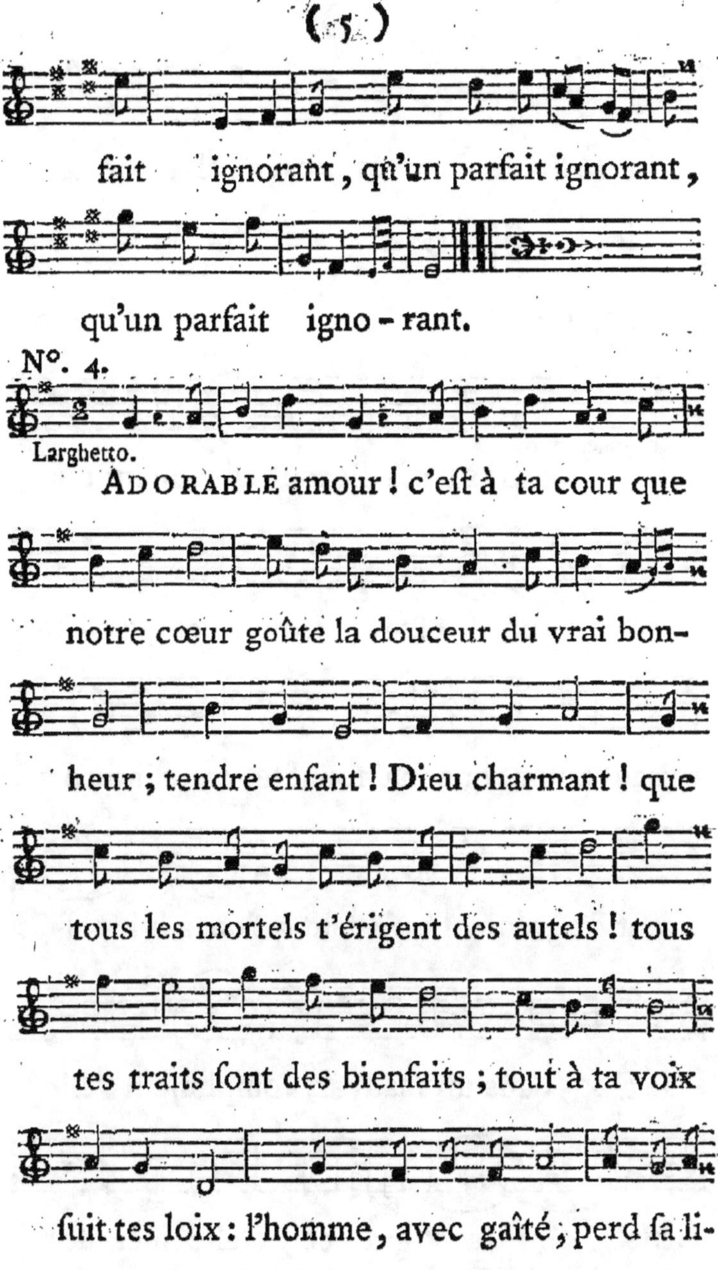

fait   ignorant, qu'un parfait ignorant,
qu'un parfait   igno - rant.
N°. 4.
Larghetto.
ADORABLE amour! c'eſt à ta cour que
notre cœur goûte la douceur du vrai bonheur; tendre enfant! Dieu charmant! que
tous les mortels t'érigent des autels! tous
tes traits ſont des bienfaits; tout à ta voix
ſuit tes loix: l'homme, avec gaîté, perd ſa li-

berté ! vole dans tes bras! ef-clave de tes

appas!

Nº. 5.

Pauco-allegretto.

L I S E me dit tout u - niment que

je fuis une bête ; je trouve cet aveu char-

mant autant que malhonnête; cette injure a

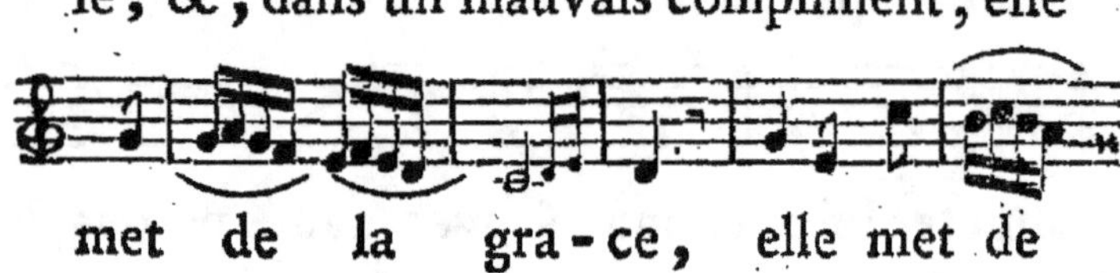

tant d'agrément qu'il faut qu'on la lui paf-

fe ; & , dans un mauvais compliment, elle

met de la gra - ce, elle met de

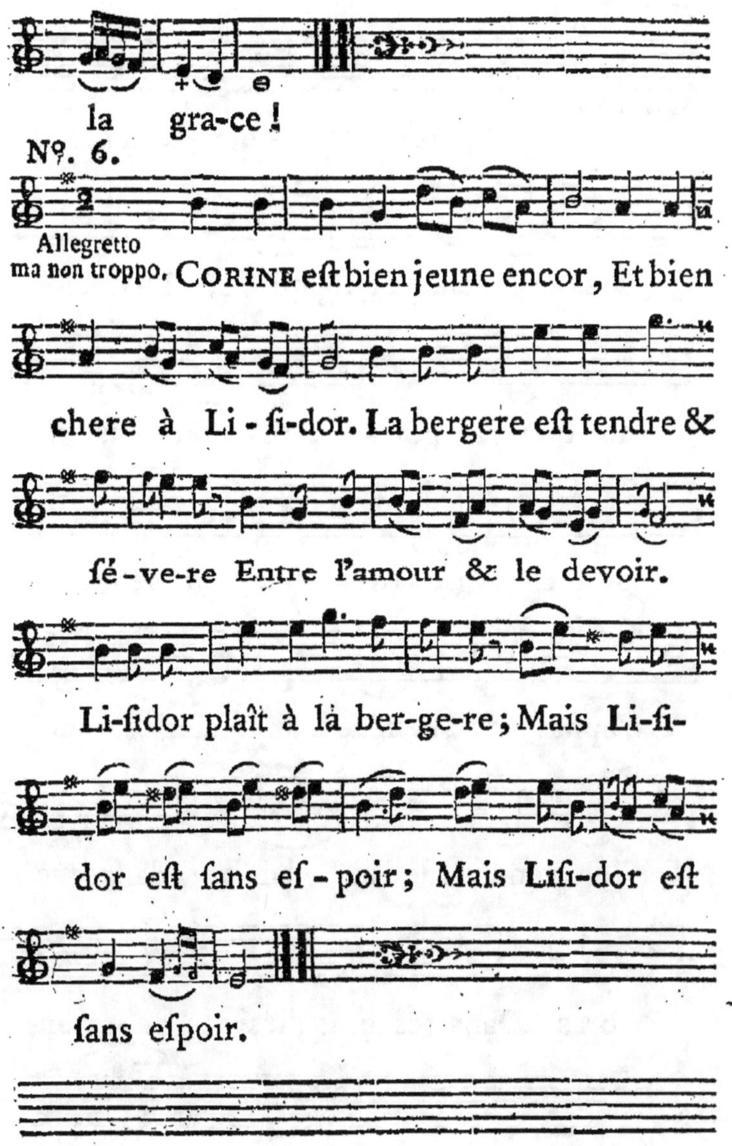

la gra-ce !
Nº. 6.
Allegretto
ma non troppo. CORINE est bien jeune encor, Et bien
chere à Li-si-dor. La bergere est tendre &
sé-ve-re Entre l'amour & le devoir.
Li-sidor plaît à la ber-ge-re; Mais Li-si-
dor est sans es-poir; Mais Lisi-dor est
sans espoir.

N°. 7.

Andante amoroso.

re - pren - dre !
No. 8.
A l'italienne.
Andante. Amoroso-
forté-piano.
Mon tout ai - ma - ble ! mon
ado - ra - ble ! bi - jou - - - -
dé - li - cieux ! ah ma
chere ame ! ah ! je me pâ - me ! comment?
Comment donc ! quelle flamme ! ah ! je suis
cuite ! je suis cuite ! je suis cuite , cui -
- - - - - - te par mes feux ! ahi ! ahi ! ahi !

B

ahi ! ahi ! ahi ! Quel céleste dé-lire , ah ! mon
dou-doux ! ah ! cœur des cœurs ! ouf !
ouf ! ouf ! ouf ! hé - las ! j'expire !
je meurs ! je meurs ! je meurs ! je meurs !
je meurs ! je meurs ! je meurs ! je meurs !

Note ſur le 8ᵉ. air.

Cet air, qui n'eſt qu'une plaiſanterie, doit être plutôt *roucoulé* que chanté. Il faut le dire par élans, pour le rendre conforme à la mode.

Nº. 9.

NOTE SUR LE NEUVIEME AIR.

Je sçais bien que la rime de *Zelmire*, avec *tu m'inspires*, n'est pas exacte ; mais M. de Voltaire a permis de retrancher l'*s* de la seconde personne du singulier, dans les rimes féminines, à ceux qui font des vers ; cependant cette regle n'est pas généralement suivie ; il faut l'adopter le moins qu'on peut. Car un attentat sur l'orthographe, en appelle un autre.

Abyssus abyssum invocat.

Citation merveilleuse ! *Cette Note est d'un puriste Hollandais.*